JN117433

コーヒーに砂糖は入れない

松下育男

思潮社

目次

装画＝松本全廣
組版・装幀＝二月空

コーヒーに砂糖は入れない

コーヒーに砂糖は入れない

1

コーヒーに砂糖は
入れない

もうなにも
これ以上あまくしたくないから

目が覚めたら窓の外にはもう
しずかに雨が降っていた

よそ行きという言葉は
こわい

どこかへむりやり
つれて行かれそうで

傘をさして
それでも扉の外へ出かけたんだ
でもそのたびに　片腕を空へ持ちあげて
傘をさすなんて恥ずかしい

たぶん一生
慣れることができない

あれからずっと
帰り道のような気がしていた

だからコーヒーに砂糖は
入れない

もうなにも
これ以上あまくしたくないから

2

もしも目がなかったら
どこからなみだをながせるだろう

朝刊を読んでいるきみに
きいてみたんだ

もちろんどんなこたえも
期待はしていないけどね

もしもきみが波立ったら
からだのどこがあふれるだろう

マーマレイドを塗るきみに
きいてみたんだ

もちろんどんな返事も
かえってきはしないけどね

「ハナヲメシマセ
メシマセハナヲ」

つぶやくと　すいめんが
しずかになったんだ

3

詩の中で
「ちょっと、そこをどいてくれないか。」
といわれたのは
だれだっただろう

六月六日
きょうはとても良いお天気で
たてもののとばっくちまで
よいおてんきがせまっていた

詩のそとで

「ちょっと、そこをどいてくれないか。」
といわれたのは
たぶんぼくで

いわれるりゆうは
わかっていた

見上げればあおぞらが
二枚も三枚もそこにあがっているようだった

ここにいのちがあることの……

「ちょっと、そこをどいてくれないか。」

いわれるりゆうは
わかっていた

4

もっていない人はどうするんですか?
と
小さな声の質問が
聞こえてきた

中学生だった
八〇年代の
ホームルームでその子が

手をあげて聞いたんだ

もっていない人はどうするんですか?

黒板にはクラスで行くスケート場の名と
(品川か東神奈川だった)

服装のせつめいが書かれてあった
「女子はスラックス」
と

顔も名前もおぼえていない
ぼくみたいにめだたない女の子だった

それがいきなり質問したんだ
もっていない人はどうするんですか？

ぼくはおどろいてうしろをむき
体のむきをもどしたら
もう
五十七歳の夏になっていた

クール宅急便の大きなトラックが
狭い道をこちら側へ曲がってきた

身をななめにしてよけて

みあげた空はもう
夏の陽射しだった

二〇〇八年六月七日
ホームルームはまだ続いていていて

スラックスをもっていない人はどうしただろう
ぼくは夏の空をみあげながら
まだ考えている

5

なんでもやるさ　きみのために
という歌が　耳の奥に流れていたんだ

とても甘い
声だった

でも　なんでもやるっていっても
ぼくはとんでもないことは　いやだな
もしもそれをやらなければきみがキングコングに連れ去られてしまうとしたら？
もしもそれをやらなければもうきみの顔を近くで見ることができなくなるとしたら？

なんでもやるさ
きみのために

断崖絶壁に架けられた落ちそうなつり橋を渡って
きみのもとへ歩いてゆくぼくを　想像したよ

下には口をあけた鰐（わに）が
たくさんいて……

すてきに貧弱な
想像力！

なんでもやるさ
きみのために
せめて鰐(わに)さえどけてくれるなら
ぼくはなんでもやるさ
なんでもやるさ
きみのために

6

ねえ　いつまでもそばにいたいって
いうけど

人はひとりずつ　わかれているのだから
限度があるよ

人がいつ　それぞれにされてしまったのかなんて
知らない
ぼくは神様じゃないし
それに
神様だってぜんぶのことを知っているわけじゃないって
思う

ねえ　あんまり顔を近づけすぎると酸素欠乏症になるって
昔　辻さんが詩に書いていたよね

本当にそうなるかどうかなんて
ぼくは知らない

辻さんはもう亡くなってしまったし
（今でもしんじられないよ）
それに
辻さんだって詩の内容にまで　責任をとってくれるわけじゃない

ねえ
人がひとりずつわかれていくっていう　ことには……

だまって！

うん

手をもったまま
おやすみ

7

「猫はねこ
鳥はとりであるのに
にんげんは
良いことも悪いことも等身大以上のことをする」
と
北村太郎は詩に　書いていた

今日は朝から雨が
降っていた

雨はあめであり
等身大以上のことをしないのだろうか

玄関で
みあげて……

雨は思いのほか激しく木曜日を
たたいていた

バスに乗って
でも
窓の外に見る
ぼやけたこの世界を私はうしない……

そうか　猫はねこ以上にうしなうものはなく
鳥はとり以上にうしなうものはなく

8

すこし長めにしておきましたっていわれたけど
なにが長めにされたのか　忘れてしまったんだ

ズボンか人生か
どちらかだと思うけど

時が解決してくれるっていうけど
その「時」ってどこに行けば　あるんだろう

目をふせて
とおりすぎてゆくばかりじゃないか

人生を単純に考えなおしてみようよって　いわれたけど
ずっとそうしてきたつもり

でも単純っていうのがいちばん

やっかいなんだ

北村太郎を読んでいたら
つらくて読みすすめなく　なったよ
「あなた、わたしを生きなかったわね」
って　書いてあった

それからやっぱりすこし
長すぎたかなと　思ったんだ

ズボンも
人生も

9

モスバーガー大森店の窓際の席だった
コーヒーを飲みながら窓の外を見ていたんだ
日曜日の朝だった
そのころぼくはあるものをうしなった後で……
窓の外にはありあまるほどの人があるいていた
なにもうしなわない日なんてもちろんありはしない
でもそういうのとはちがっていた……
そういうのとはちがっていた
モスバーガー大森店の窓際の席だった
コーヒーのすいめんをじっと見つめていたんだ
風の強い朝だった

カップの中のコーヒーも
(そんな詩ばかり
書いていた……)
だれもそばにいないことなんて
よくあるけれど
でもそういうのとはちがっていた……
そういうのとはちがっていた

10

バスが大きなからだをかしげて
鴨居駅前のロータリーへ入ってゆく

車内のひとびとが同じ方向へ
ゆらいで

ゆらいだ勢いのまま
乗降口から降りようとしている

でも降りようとしているのは
もちろんバスからであって
ほかのじゅうようなものからじゃ
ない

ポケットに入るものと
入らないもの

そのふたつにこの世は
わけられるけど

わけられない場所に
たいせつなものはあるんだ

どんなに弱くなろうとしたって
げんかいがある

日々に
ゆらいで
そのゆらぎのままここを
降りようとしているね

でも降りてしまえるのはせいぜい
ロータリーへ曲がってゆく　バスからであって
ほかのじゅうようなものからじゃ
ない

各章で、以下の詩を引用あるいは参考にしました。
2佐々詩生作詞「東京の花売り娘」より／3清水哲男「チャーリー・ブラウン」より
5ミュージカル「オリバー」の歌詞より／6辻征夫「婚約」より
7北村太郎「ピアノ線の夢」より／8北村太郎「ススキが風上へなびくような」より

遠賀川

1

もうだいぶ前に
父は他界した

炭鉱の長屋で私が生まれたのは
父が四十歳のとき

父はその後
様々な職業について
なんとか家族を養った

たったひとつの職業で
人生を終えてしまう私とは
厚みがだいぶ違う

この世にいない
ということは
どんな感じのするものなのか
時々
聞いてみたくなる

2

夢の中で私は眠っていた
その眠りの中で見た夢が
思い出せない

父が亡くなったと知ったのは
母からの電話だった
電話がそのうちに来ると
ずっと恐れていた

父が亡くなってからも
父が亡くなったという電話を受けとる夢を
見る

夢の中で私は眠っていた
その眠りの中で
電話が鳴っている

3

筑豊炭住の写真はネットに多く掲載されている。女たちが笑顔でボタ山を背に写っている。当時私の母は三十代半ば。すでに五人の子供を産んでいた。尋常小学校を出てすぐに豆腐屋に奉公に行き、それから結婚した。いつ大人になったのだろう。

4

父と母は遠い親戚なのだそうだ。だから二人は親戚の人に紹介されたのだろう。父は写真を見せられたのではなく、実際に行って、豆腐屋で働く母の姿を柱のカゲから覗いた。本当に柱のカゲだったのか、喩えだったのか、私は知らない。

5

父が炭鉱で働いていたのは
一九四八年からの四年間

母が病にかかり
筑豊を去った

東京に来てから父は
保険の集金人をしていた

振り込みも引き落としもなかった時代だから
契約者と一人ずつ会った

人との接触が苦手な人だったから
つらいこともあっただろう

家に帰ることは
地上の空気を吸うことでも
あったたか

6

年老いて会社を辞めて、父はほとんど家から出かけなくなった。私と同じように猫背で、一日中家の中をうろうろしていた。

時々思いついて大工仕事を始めた。ある日、居間の壁に穴を開けてホースを通し始めた。

母に叱られてホースは抜いたが、あれはいったいなんのためだったのだろう。

7

炭鉱カナリアは三羽を籠に入れて坑道に入った。一羽でもさえずりをやめたら引き返したという。「さえずり」って、きれいな言葉だ。それにしても有毒ガスが感じられない限り、ずっとさえずっていたのか。それはそれでつらいような気がする。

8

子供のころには
意味もなく腹が立つことがあった

母親にあたっていると
人さらいが来るよと
おどされた

人さらいは恐かったが
腹立ちはそれでもおさまらず
いっそ
さらわれてしまいたいとまで

思った

そのうちに父母のほうが
この世から
いなくなり

私は結局
一度もさらわれずに
大人になった

六郷川

1

「助けてくれ」と
夢の中で二度叫んだ
それが実際に声に出ていたらしい
家人に起こされた
私は何から助けてもらいたかったのだろう

朝食のブロッコリーをフォークに刺しながら
考える

夢の中で叫んだものが
外にも出てしまう

少しずつ境目があやふやになってゆく

2

筑豊から東京へ
引越し先は大田区西六郷

京浜工業地帯の中
近所に小さな工場がたくさんあった
弟が生まれて家族は七人になった
時折六郷川の水があふれて家は水に浸かった
日がさせばまた乾き
ここで私は育った
一日は不器用に長かった

3

縫い物をする母の脇で
私はよくマチバリで遊んでいた
ここだけにあざやかな色があった
貧しかった
子供のころ
私は自分の声を聞いたことがなかった

4

京浜工業地帯で育った

小学校の屋上に上がって詩を書きましょうと
蛭田先生にいわれた

ほとんどの友達は
目の前に見える煙突のことを詩に書いた

私も煙突の詩を書いた

それからずっと煙突の詩を書いている

5

多摩川は下流になると六郷川と名を変えた
私が育ったのは六郷川のほとり
川は私たちの生活のすみずみを流れていた
日本人のふりをしていたが
私たちは実のところ川の人だった
別の暦を持ち
別の方位を持った

ひそかに別の言語を話した

6

子供のころ
雑誌に載っていた絵の建物が好きだった
道の片側に並ぶ花屋
小鳥屋　ケーキ屋　本屋
神社をはさんで八百屋に乾物屋

なんとかこの中に入り込みたいと願っていた
極小の私が走りまわる音に
耳をすます
生きていくことは絵の縁取りのように
単純なものだと思っていた

7

水道の蛇口から激しく水が出ていた
栓が故障して止まらなくなったと

大人がいっている
子供の私は泣き出した
エイエンに止まらなくなったらどうしようと
恐くて仕方がなかった
私がエイエンを見た初めての記憶だ

切らなきゃならない玉ねぎは

詩を書き始めたのは小学三年生のころ

今よりずっと若かった
空がいっぱいあった
翌日がいっぱいあった

そんなことを思い出していたら
横浜に雨が降り出した

今日は家族がみんな出かけていて
じゃあぼくが茄子とひき肉のカレーを作っておこう

涙ながらに切る玉ねぎの
かすんだ向こうでは「ちびまる子」が映っている
「よかった　今日は書くことがあって」
と　まる子は夏休みの絵日記に向かっている
でもぼくは今日　なにも書くことがなくて
ただ人生にふりがなを
ふっていただけ

そうか
八月三十日は亡くなった親父の誕生日だった

命日はすぐに忘れてしまうのに
誕生日だけは忘れないんだ

おまえの詩は将棋でいったら何段だと
幾度もぼくに聞いていた

さて　家族が帰ってくるまでに
茄子とひき肉のカレーはできあがるだろうか

切らなきゃならない玉ねぎは
この世にはまだまだたくさんあって
すくってもすくってもアクは

きりもなくぼくに出てくるんだ
なんて　意地でも書くなよ

詩を書き始めたのは小学三年生のころ
ずっと同じ詩を書きなおしている

哺乳瓶を置く場所がなかったから

哺乳瓶を置く場所がなかったから
そこにあった詩の本をどけたんだ

いろいろなことがあって
ぼくが詩を書いていなかったころ

洗濯物が青空に干されているという詩が
どかされた本の中にあった

勝野睦人という人の

書いた詩で

風にゆれるシャツやパンツが
詩の中いっぱいに描かれていた

勝野さんはロシナンテの人で
ある日交通事故にあって　亡くなったんだ

それからしずかに　時がたって
みょうなぐあいに　ぼくがいて

今日は天気がよくて
ぼくは朝から　ジムに向かって歩いていた

そうしたら勝野さんの風が吹いてきて
ジムの上の青空に　シャツやパンツがゆれはじめた
ぼくはむしょうにその詩が
読みたくなって……

いまさら言っても
しかたがないけど

あれからまたいろいろなことがあって
ぼくはまた詩を書きはじめている

いつのまにか哺乳瓶を置く場所は
いらなくなっていて

だからもうなにも　この世から
どけなくてもよくなったんだ

ほかのものがみたい

1

そういえば石原さん　私はこのごろしきりと　読み違いをするので
す　今朝も電車の中で「うみ」という字を「うらみ」と読んでし
まいました　はるかな距離からその青色を　うらみがましく寄せて
くる風景を　そのときに想像したのです

「うらみ」とは「うらうみ」という言葉をとおして「うみ」から変
化してきたものなのでしょうか「うらうみ」とは海を裏返すこと
なのであり　こぼれるもののあまりの多さに　私のほうが器から
あふれてしまいそうになるのです

2

こんなことをいってはいけないのかもしれませんが
石原さん
あなたの詩を読んでいると
いつもかすかに笑いがこみ上げてくるのです
それがまじめな顔で
書かれたものであるほどに
行間の奥にあなたのしあわせに詩を書いている姿と
作品からあふれんばかりの諧謔が感じられるのです
こうして歳をとってから読み返すほどに
実はこれほどおかしい詩はないのだと
腹の底まであなたの詩を楽しむのです

石原さん
あなたの重い体験がそのまま
あなたの作品を成り立たせているのではないということを
私は知っています

むしろあなたの
俗と
無邪気さが
その体験をあれほどの作品にしたのだと
思うのです

いえ　こういったほうが[illegible]いのかもしれません

あなたの詩を読むものは
その　俗と
無邪気さによって
とらえてこそ
あなたを読みきることができるのだと

３

１９７X年　X月　私は郵便受けに
一通の大きな封筒を見つけました
「現代詩手帖」誌の最後に

私の短い詩が
逃げ出したくなるような姿で
載っていました

石原さん
あなたの選評を私は
驚きをもって読みました
私はふるえました

言葉とは通じるものだったのです

4

五十六歳　こんなところでこんなことをしている自分を　あのころ
に想像することはありませんでした

ひろいオフィスを見渡していました
いつ　ふんだんな時をつかってしまったんだろう
むかしは　げんじつとゆめのほかに　もうひとつの場所があったの
です

「なにも書くことがない」の「ない」ということがそのうちに震え
はじめて　妙な「しる」を出しはじめる　その「しる」が言葉にな
がれてゆく　それが詩を書くということなのだと　知りました

5

石原さん
このところずっと忙しくて　お訪ねすることができませんでした
ときどき　どのようにすればここへ来ることができるのかが　わからなくなるのです

石原さん　生きていることと死んでいることとの違いはなんでしょう
夢の中の自分が　別の人であることがあるのです

「夢を見る」の「みる」は　なぜ「見る」と書くのでしょうか
「夢」は昔「いめ」と発音されていました
「いめ」をはげしく見たいと思うのです

6

なにが　どの水位まで下がったら　生きてゆく必要がなくなるのか
と　電車の窓から外を見ながら　考えているのです

私は生きているけれども　おそらく生命のにおいはしないだろうと
確信しているのです
私がものを書くのは　人の死を言い当てるためです
人の死を言い当てるということは　この世のありようを言い当てる
ことです
わかるということは　どういうことでしょうか　そのものが　私に
傷をつけるということでしょうか

石原さん
私がもっともつらいのは　私の精神が石原さんのようには
繊細に崩れることがないということです

7

書くということは　何かを傷つけ続けることであり　そのことから
目をそらして　漫然と書いていていいのかということです
書くということは　書かないということを選び取らない　おそろし
い行為です
書かないという行為は　何も正さないことなのです

「散文」というのは　なぜ「文が散る」と書くのでしょうか　どこ

へ散ってゆくのでしょうか
ならば「詩」は　もっとはげしくなくなるべきなのではないのでしょうか

8

そして石原さん
詩とはつまり　死者が書きうるものなのかと　思うのです
生きている間に書くものは　その演習でしかないのだと
ぴんと張りつめた空の下で書きうるものは　詩の予行でしかないのだと

よい詩が書ける者とは死を何らかの方法で取り込んでいる者なのか

あるいはよい詩が書ける者とは見事に死におおせている者なのか

呼吸のできる詩　というものはあり
それは肺によるものでも　鰓によるものでもあり

石原さん
詩とはつまり
死者のみが書きうるものなので　あり

9

亡くなってのち　あなたは
あなたの詩を　どのように書きついでいるのでしょうか

かすかな角度の違いのようでいて　こちらからは見えないのです
石原さん
この生はいつも死を　時の意味の中で包み込もうとするのです
けれど死を包み込んだ生　というものに
私はどうしても馴染めないのです
石原さん
次の詩集はいつごろを予定されているのでしょうか
そしてそれは
どのようにしたら読むことができるのでしょうか

人生にうんざりする前に

人生にうんざりする前に
おおきな石焼芋を買ってきて
真ん中でふたつに割ってみたい

人生にうんざりする前に
日の明るく差し込む窓辺に
小物をいくつも並べていたい

人生にうんざりする前に
ほんとはずっと愛していたと
まじめに言っておきたい

人生にうんざりする前に
二〇〇八年十月八日であることに
驚きながらしっかりと歯をみがきたい

人生にうんざりする前に
目に映るものすべてに
ひとことずつしゃべっておきたい

人生にうんざりする前に
冷蔵庫の扉をやわらかく
一時間ほどあけたりしめたりしていたい

人生にうんざりする前に
ありふれた丘にのぼって
ありふれた目を閉じていたい

人生にうんざりする前に
カップ一杯のコーヒーを
しずかに私の中へ入れておきたい

いのちにいじめられていると

いのちにいじめられていると
かんじる日が
あります

うでが　もうにぶんのいち
はえてきそうな日が
あります

わたしはなにものでもないと
いばりたくなる日が
あります

このみみではなにも
きいたことがないと
責めてしまう日が　あります

箸をもとうとおもってから
箸をもつ　そのじゅんばんが
きもちのわるくなる日が　あります

だからこのいのちに
いじめられていると
かんじられる日が　あります

掌の中のカタムキ

朝の電車の中で、私は先日図書館で借りた沢木耕太郎の『無名』をだらだら読んでいました。

この本の最後のほうで、ひとつの言葉にひっかかりました。「カタムキ」という言葉です。本の中にあるように、紙芝居のおじさんが紙芝居の前に売るもので、水飴やソースせんべいなどに混じって「カタムキ」というものがあったということです。切手大の薄いせんべいのようなものに、ヒョウタンとかニワトリとかゾウとかの形をした溝が彫られていて、一枚十円のそのカタムキを型どおりにくりぬくことができると、駄菓子をもらえる。

であれば、「カタムキ」ではなくて「型抜き」あるいは、「型剝き」だったのだろうと思われます。

「傾き」を手の中にもって、その型をぬくというのは素敵です。しかし「傾き」をしっかりもつのはむずかしいと思います。すぐにそれ自身の中に傾いてゆこうとするからです。

親指と人差し指で、「傾き」の頂上のところをつまみながら、薬指と小指で「傾き」の裾のほうを軽く支えることになるのでしょうか。「傾き」を手のひらの中にしまえるというのもうれしいことです。むかしから考えていた「傾きの裏側はどうなっているのだろう」という疑問が解明されるからです。でも「傾き」の裏側を覗きこむのはそれで終わりになってしまいそうでいやだな、という思いもあります。好きな人の手を握るときには、私の手のひらの中の傾きに私を折りこむようにして仮の水平をつくってから、しっかりと握るのです。

夜のポンプ

ねえ夜の
風呂場で
シャンプーの入った容器のあたまのところを
押す

今日の分のねばねばを
てのひらで真摯に受け止めて……

ところで
あの押すところは
なんていう名前だっただろう

ぼくは純粋に
日本語がわからなくなって

でも目をとじて
コノヨのかゆみと
ちいさく格闘していたら

ポンプと
いうのだろうか

ふと
思い出して

でもポンプって
夏の盛りにひまわりのとなりで
どくどくと水をはきだすものであって

と

考えていたら急に
むかしの思い出がたくさん
詰め替え用のかなしみのように
注がれたんだ

日記のように　2019

水準器の泡が
いつまでも揺れていて落ち着かない
降りつもった過去が
倉庫いっぱいに貯まっている
この世は恥ずかしげに
始まったんだと思う
五感をいつも
かわいそうに感じる

日に一度
朝が必ず襲ってくる
幸せだったかどうかなんて
自分で決めたくはない

☆

朝から海が
遠くで濡れていた
木々がきちんと

背筋を伸ばしていた

時がみずからそうしようとして
進んでいた

窓の外すぐのところを
マンモスがおごそかに歩いていた

小さな透明のスプーンが
プリンの表面におりていった

☆

人を好きになると
夕暮れの焦げた匂いが
どこからかしてくる

身の回りの何もかもの
いろかたちが変わってしまう

高さはやさしく身をかがめ
深さはやわらかく背中を持ち上げ
広がりはおもむろに両手をせばめる

生きたいという気持ちと
生きたくないという気持ちが
ないまぜになる

床屋で

お客さん

ウチの犬が生きていたときにね
どうしても面倒をみられないときには
おふくろのところに時々
預けていたんですよ

おふくろ
はじめは面倒くさがっていたんですけどね
だんだん
可愛がるようになってくれて

引き取りにいくと
ずいぶんさびしそうな顔をするように
なってきたんです

それでね
こないだ話をしたように
犬が突然死にましてね
もちろんおふくろも
ひどく驚いていたんです

でもまあ
仕方がないかと
思っていたんですけどね

こないだおふくろが
電話をかけてきて
「一晩犬を預からしてくれないか」って
言い出したんです

あっ
これはまずいなと
思いましてね

だって
ウチの犬が死んだことを
知っているはずなんですよね

だから
とうとうおふくろ惚けたかなと
覚悟をしまして

来たら様子を見て
病院に連れて行こうかと思っていたんです
それでね

来ました

来たんですけどね
おふくろ

犬の骨壺と写真を大きな袋にいれて
さっさと帰って行ったんです

翌日
返しに来ましたけどね

一晩
骨壺と一緒にいたんだなと
思いましてね
それで何をしていたんだろうと
思いましてね

一晩で
いいのかなと
思いましてね

たまらなくなってきたんですよ

バス停で傘をさしていた

バス停で傘をさしていた
もちろん傘をさすために
生まれてきたわけではないけどね

ぼくがそのうちに死んでしまった
そのあとでも
木曜の朝のバス停に
雨は降るのだろうか
って
あたりまえだけどあたりまえじゃない

きのうやりかけた仕事のことが少し
あたまをよぎって
それからこのつまらない詩のことを
思って

カタチを持ってしまったらオシマイ
なんて
まったくどうしようもないカミサマだよ

ねえぼくは
木曜の朝のバス停で
だれでもいいだれかのかわりに
傘をさしていた

バスは急カーブを曲がって

バスは急カーブを曲がって鴨居駅に向かっている
金曜日
あともう一息じゃないかって自分に言ってあげる

ところで
ストローで吸いあげられるものって何があるだろう
つり革につかまりながらそんなことを考え始める

きらきらと輝く水滴が
いっぱいついたコップの中に入っている
生まれつき濡れていたものたち

だからぼくが
生きて強く吸いあげられるものっていったい何があるだろう

窓の外には生まれつき晴れあがった朝の空

バスはもうそろそろ終点につく

だからいつになったら
こういうすべてが恐くならなくなるのだろう

いっとうはじめにふるあめは

いっとうはじめにふるあめは
どんなにおいが
するだろう

いっとうはじめにふるあめは
はだをつめたく
してくれるだろうか

いっとうはじめにふるあめは
ふるのがこわくて
めをとじただろうか

いっとうはじめにふるあめは
だれとわかれて
きたのだろう

いっとうはじめにふるあめは
やさしくとかして
くれるだろう

わたしたちはやわらかい

わたしたちはやわらかい
とてもやわらかい
鋭いものは簡単にわたしを貫く
速いものはたやすくわたしを穿つ
わたしたちはやわらかい
甲羅もなければ棘もない
毒もなければ牙もない
わたしたちはやわらかい

わたしたちはあたたかい
手をかざしたくなるほどあたたかい

わたしたちはひろい
弱いものを迎え入れるほどにひろい

来る春に
わたしたちはうるおえる
わたしたちはふきつのる
わたしたちはさきほこる

わたしたちはうちよせる
わたしたちはのびあがる
わたしたちはなりひびく

それから
わたしたちはやわらかい
抱き合えば
くいこむほどにやわらかい

あとがき

前詩集『きみがわらっている』（ミッド・ナイトプレス）から十八年経ちました。十八年の間に何度か新しい詩集を出そうとしました。でも、いざとなるとためらってしまい、原稿を引き上げてきました。詩の数はそろっていても何かが足りない。そんな気がしていたのです。

今回詩集を出すことに踏み出せたのは、足りないと思っていた部分が小さくなってきたからです。これまで出したどの詩集も大切な一冊でした。その横にこの詩集を、やわらかく立てかけようと思います。

コーヒーに砂糖（さとう）は入れない

著者　松下育男（まつしたいくお）
発行者　小田久郎
発行所　株式会社　思潮社
一六二－〇八四二　東京都新宿区市谷砂土原町三－十五
電話　〇三－五八〇五－七五〇一（営業）
〇三－三二六七－八一四一（編集）
印刷・製本　創栄図書印刷株式会社
発行日　二〇二一年六月二十日